某人日常
看屁啊！
Auddie

Duncan

Cherng

美鳳，冷靜點！

SECOND

某人要大賣了 ！

喂，wei

某人終於出書了！！我們大概是同時期準備新書，但他一直拖稿（看我多乖哈哈哈哈），好拉你也辛苦拉要一邊工作一邊弄新書這本書我想是一本非常適合在大便時攜帶的一本漫畫，別以為跟大便扯上關係就是不好，能被我帶進廁所看的書可說是上等中的上等哈哈，畢竟本人我不愛看書哈哈哈哈，而且邊看某人日常邊大笑，大笑的同時應該會讓你排泄更順暢～哈哈哈我好低級，但這是因為要配合這本書的關係唷，我可是很可愛的啾哈哈，好拉其實某人的創作者是我的好朋友（也可能在暗戀我），希望大家能帶著輕鬆的態度觀賞這本又機車又賤的好笑漫畫囉～～～愛你（附上我憑空想像所畫的某人）

我本來以為某人是個歐巴桑
後來在全國插畫比賽遇到之後，
才知道某人是個很帥氣的大ㄍㄜˇㄍㄜ！

米米

會畫畫的人很多，畢竟技巧誰都能練，
但是幽默感這種東西就難了，那可真是練不來的天生神力啊！
某人弟弟有點過份，會畫，搞笑，而且竟然還帥，上帝是不公平的。

自序

我是某人，你也是某人
這是我的序，也是你的
如果這本書是你的…
有朋友要看？揍他!!
叫他自己去買…
（如果他不想買還是先借他啦！）

Auddie

出書真的是一件又詭異又神奇的事，更別說寫序了，我根本腦中一片空白。謝謝爸媽把我生的這麼自我、這麼愛做自己，如果我是一個無聊的人或是大俗辣，就不會有某人的出現了。

這本書有80%以上全出自我的日常生活感想…也許你會發現有不少看過的圖，經過改編增加一些全新的東西。欸！我不是為了斂財所以亂出書(澄清)，而是希望有更多人可以認識「真實生活上每天的感受」的我，做一個里程碑的記錄，這才是本書的真諦♪(再說一次不是斂財)。畢竟刻意想梗去畫好笑的故事，那就不是「日常」了。

BTW裡面有一些軍火、一些髒話、一些血，那絕對不是「日常」(冒著被逮捕的風險)那是OS是OS啊！反正希望你可以好好享受這本屬於我和你的「日常」。如果你有認真讀完，將會發現我重点都亂畫♥

CONTENTS

目錄啦
怕你不會英文

PART 1

PART 1

有一種朋友叫美鳳

阿姨我男友好醜
我真的無法…

欸…
像祖熊多好
子彈肌…
我可以…

美鳳…

長得又帥…
我可以我可以

你長這樣…
誰都不可以吧！

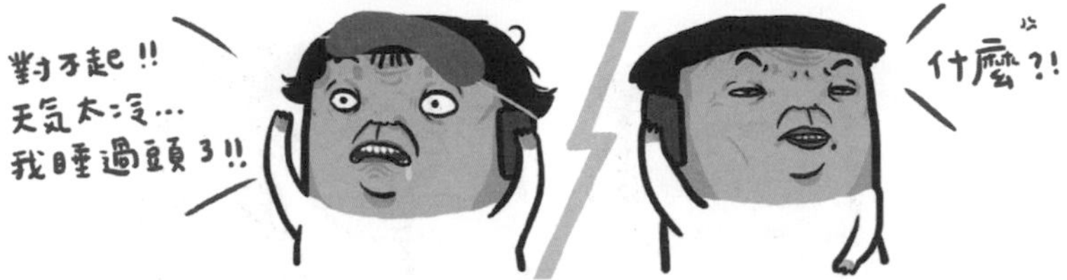
對不起!!
天氣太冷…
我睡過頭了!!
什麼?!

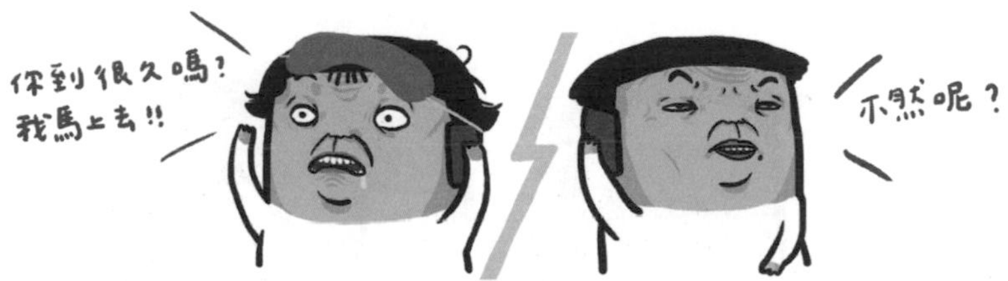
你到很久嗎?
我馬上去!!
不然呢?

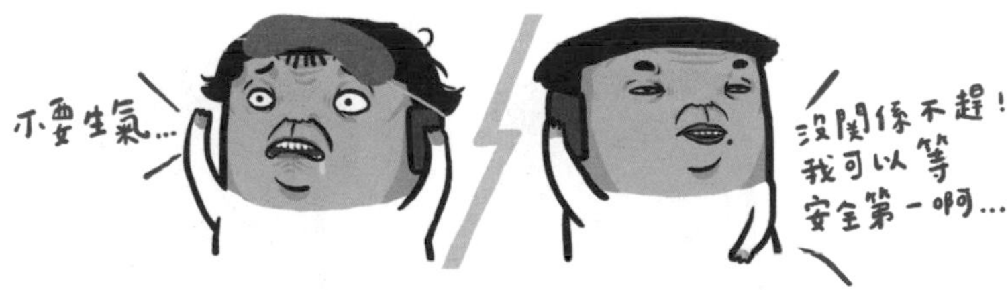
不要生氣…
沒關係不趕!
我可以等
安全第一啊…

你人真好…
慢點慢點…
←根本剛醒

喂？阿娥嗎？
不速～
我不速阿娥～
欸？
那你是哪位？
美鳳喔？
你猜啊～
不是～♪♫
我不知道啦！
快講喔!!
鼻要～
你再猜啊!!
老娘沒空跟你
電話交友!!滾!!!
發Q!!!!

昨天我去看了耶…
那部電影…
我今晚要去看！
好看嗎？
好看啊…
結局很精采!!
不要我不要聽!!
就是男主角…
結果最後…
啊啊啊~~~
我說了…
我不要聽…

欸我跟阿娥
掉到海裡
你會先救誰？
什麼？
我不救啦～
無聊耶！
不管不管！
選一個啦！
誰才是真姊妹！
不要救！
選一個！不管！
選一個！不管！
選一個！不管！
選一個！不管！
選一個！不管！
選一個！不管！
……

史上最煩「掉到海裡要救誰？」
好朋友偷偷比較誰跟誰比較好？
談戀愛就問男朋友自己跟媽媽比較愛誰？
這故事告訴我們從小學好游泳的重要性……但光是這樣還不夠！
切記到海邊去玩，千萬不要跟重要的親朋好友或是情人同行。

話說回來，如果某人跟喂，wei
同時掉到海裡你要先救誰？（很愛較勁）

答：___________

某人!我跟你講
一個笑話!
好啊!!

就是哈哈啊
啊哈哈哈!!!

哈哈哈哈!!

啊哈哈哈!!!

啊哈哈哈!!
哈哈哈!!

某人你看我今天
哪裡不一樣？

有嗎？
你又燙壞頭髮？

不是啦！
你再猜!!
很不一樣…

哪不一樣？
一樣醜啊!!!
開眼頭嗎??

這個啦～
新手錶!!!

也太不明顯吧!?
不如燙顆陰毛頭
還比較有趣!!

幹拎....

開玩笑的啦～

美鳳！
阿娥我好像
心情不好..
為何心情不好
好像失戀了...
為什麼失戀？
我不知道...
你為什麼
不知道？...
下次不要
這麼多為什麼

你還好嗎？
別想太多了…
我沒事啦…
事情會過去的
這種事沒什麼…
我有經驗…
不用安慰我…
不是！你不懂…
何必為了…
我鳥啊!!!!
叫你安靜聽不懂嗎!!

窩沒油說謊～
窩河逼說謊～
這首也是我的!!
攏洗粒啦
攏洗粒啦～
我䲰...
明明是我点的...
你点的!一起唱!!
Action! Hurry UP!
氣氛哺夠快蘇給!!
....

我真的最恨！最恨！

跟搶麥克風的朋友一起唱歌。

自己的歌唱完了還硬要合唱別人的歌，

而且很愛用歌詞回答問題的人……

例如我唱「我沒有說謊～～」，

就會有人在旁邊唱「你有～～」，

你的朋友之中，

誰最愛搶麥克風？最不喜歡跟他唱歌？

答：＿＿＿＿＿＿（如果你寫了，千萬不要把書借他）

某人！跟你介紹
這是我姐美香
你好！
姐這就是我說的某人…
一直沒談戀愛的那個…
!!!
小時候邊走邊拉屎
人家分不出是男是女的某人…
……
你好！
你好
我是某人…

美鳳！
週末去哪玩？
跟男友啊
纏綿～♥

鵝！不是…
沒做別的？
唉唷～有啦
很多次～♥
很多姿勢…

我不是問這個…

而且他都
說我很色…

・・・・・・・
好！不講了！

唉～真不懂！
台灣人真愛排隊

我覺得台灣…
你看美國！…
你看日本…

台灣人就是很…
難怪台灣會…

這麼會講！
幹嘛不死一死
投胎當外國人？

某人！你是不是
要去日本玩？
對…
對啊！
他下個月去！

會去哪玩？
我…
我知道
他去東京！！
再去…

哇…美鳳
你都知道…
……
人家萬事通
我還知道…

回來要帶
紀念品喔！！
好啊！
好期待喔…

某人！
我又分手了!!
蛤？
你還好嗎？
我心痛！
再也不戀愛了!!
我鳥～
好誇張！
我去死好了!!
活著幹嘛!!
美鳳！有我!!
姐妹同心!!
一起老去!!

每個人身邊都一定有這樣的朋友，常常哭分手，
每回分手都是一次肝腸寸斷，
很有同理心的我們也會陪著他一起哭。
不過感情這種事來得快去得也快，
不久的幾天後立馬就走出陰霾了。
不知道他還記不記得幾天前他說「我這輩子再也不談戀愛了。」
只能說這樣的愛情觀也是蠻豁達的啊～～

吼唷！
我胖了0.5公斤
是不是很明顯？
還好吧！
煩捏！
英文考90分！
好差喔!!
還好吧！
吼！
最近好多人
想追我…
♪
真～的啊？
♫
煩…
臭婊子！
再多說一個字
試試看…♥

美鳳！
你最近皮膚好嫩
怎麼搞得？
我男友啦！
每天都抹那個…
蛋白質在人家臉上…

喂！
派出所嗎？

你聽我解釋…

我想要找一天
約阿娥
一起吃飯！

好啊！
我沒意見
你約一下

蛤～
你約啦！
你約啦

你約啦

你約啦！

你約…

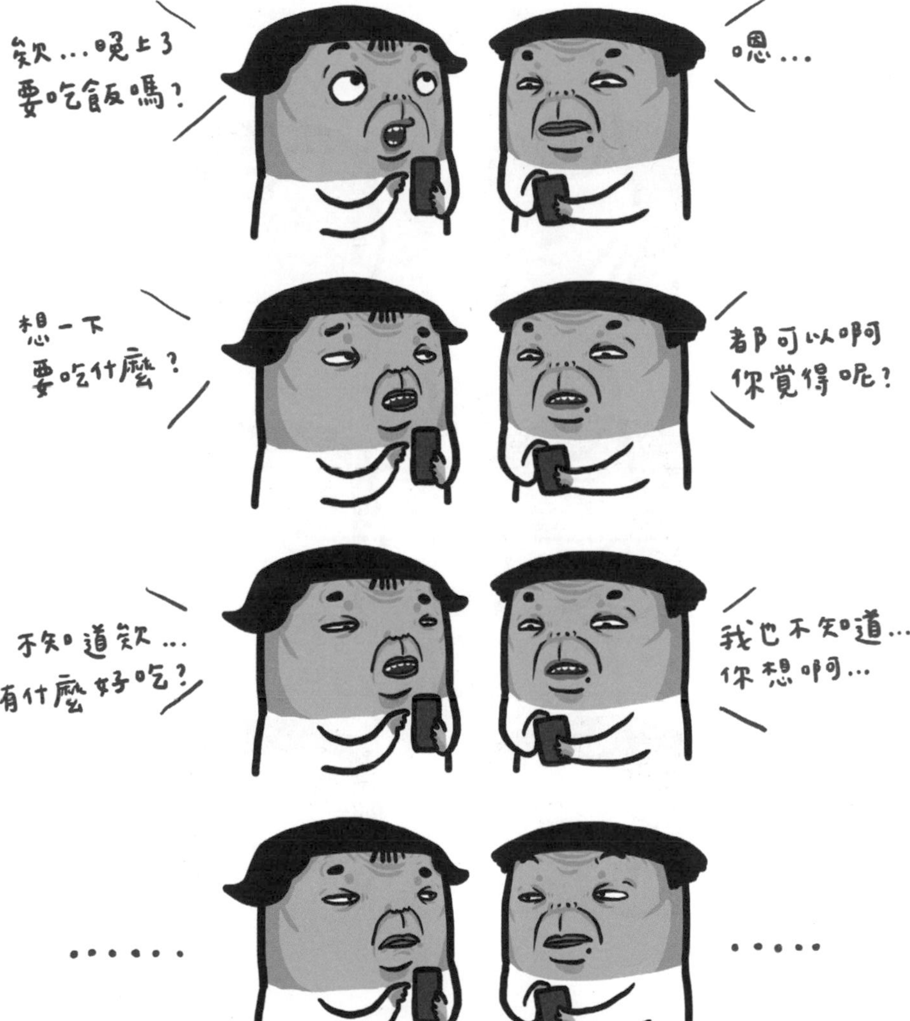
欸…晚上了
要吃飯嗎？
嗯…
想一下
要吃什麼？
都可以啊
你覺得呢？
不知道欸…
有什麼好吃？
我也不知道…
你想啊…
……
……

某人sorry！
我今天有急事
改約明天如何？
喔…好…

隔天

唉唷我睡過頭
可不可以改明天
鵝…
好啦…

再隔天

我忘記今天有事了
可不可以再改天？

當然可以！

其實也不是什麼大事，就是想要約你出來吃個飯見個面，
不過有些朋友真的很難約，都是很爛的理由，
爛到以為他根本不想見你。
這時候不要傷心，他可能真的是不想見你，
這表示你們無緣當朋友，那就去找別人吃飯吧！
記得下次見到他先揍他兩拳～～
（實在說不出那種打動人心友誼長存的鬼話）

覺得餓
覺得想吃飯

什麼啦～
好好講話!!

是一個
肚子餓的概念

你廢話好多…

欸現在是一個
生氣的節奏嗎?

……

是一個…
送你上路的節奏
覺得輕鬆

阿娥!!
我最近是不是很醜
臉是不是爛了?
還好吧...

你老實說
我不會在意...

是蠟蠟黃的...
而且很油...

啪

看起來有点老!!
而且好鬆垮...
感覺上....

閉嘴!!臭三八!!
滾啦你!!!

不是啦！要走旁邊!!
你會不會啦!!
這有這麼難？
你不要吵!!
讓我自己玩!!

好！我不講話

不是！要先上去吃!!
然後再去那邊!!
吼你好不會玩...
很難嗎...
......

他昨天說乾脆
分手算了!! 男人都不
能相信啦...
分了？
下一個會更好...

他跟我道歉
了啦...和好了♥
那好吧...
沒事就好

他竟然跟別的
女生聊LINE
分手好了啦!!
我罵！這種人!!
別再在一起了!!

我們復合了!!
好像是誤會!!

恭喜...

阿娥！
你聽我解釋
不要！
聽我說
是誤會…
不！要！
真的不要…
？

喔！這真是人生窘境！
有幾次跟朋友吵架，其實已經氣消了，但就不知道哪來的靈感，
覺得擺臭臉實在是一件很爽的事情，
也不接受道歉，一直盧一直盧。
最後道歉的人也生氣了，場面萬劫不復搞得更僵，
「拜託你再道歉一次啊～～我就原諒你啊啊啊～～」心中無限吶喊。

阿姨我！晚上吃什麼？
OOPS!!
能家君天不尋~
晚上有約♥
好吧…
今天情人節…我男友要約我吃大餐…
……..
他說看完電影還要去…
我有問這些嗎？
別衝動…一切好商量…

阿娥昨天...
超好笑的...
真的很扯欸
嘿嘿嘿哈...
哈哈嘻嘻...
哈哈哈!!!
你不覺得嗎?
呵呵...
沒關係我了解
不用勉強...

今天要考試
你有讀書嗎？
沒讀
啊
矮 我鳥！
沒讀!!
什麼啦!!
這一課才剛教
完啊!!!
矮我鳥！
剛教～
你很胎歌!!
講話都帶顏色
矮我鳥
顏社～
......

我要珍珠奶茶
半糖少冰…
珍珠奶茶…
半…

可以改嗎？
我改去冰好了！
可以啊…
改去冰…

还是改成
珍珠綠茶…
鵝…好…
珍珠綠…

我看還是
改烏龍奶吧！
姐不幹了!!

走吧!
吃晚餐了!!
等我一下
我傳訊息…
一下!
好了沒~
什麼啦!
等等快好了!

好了沒 好了沒 好了
好了沒好了沒
好了沒好了沒
好了沒好了沒
好了沒好了沒
……

其實我就是這麼白目的人，
不覺得這種『鬧鐘式』的吵鬧方式有點萌嗎（還是我誤會了？），
畢竟我只是不想浪費大家的時間嘛～～
畢竟我只是不想浪費大家的時間嘛～～
畢竟我只是不想浪費大家的時間嘛～～
畢竟我只是不想浪費大家的時間嘛～～
畢竟我只是不想浪費大家的時間嘛～～

You Know...
我昨天去...
那個中文是怎麼講
那個PUB...

蛤？Know殺毀
然後呢？

well...好多ABC
想跟我dating~

講中文啦!!
肖婆...

太多ABC朋友
很習慣English
You Know...

......

你幹嘛悶悶的
生氣喔？
蛤？
沒有啊…

不要生氣啦…
怎麼了？
我沒有生氣…

好啦！
幹嘛不說…
有完沒完啊！幹！
就沒生氣吼！

你看！
明明在生氣…
……

你看!!
曖昧對象
好帥~♥

不要想了~
不可能啦
你長這樣

你看!
我新買的

好普通
都差不多

你看!
新髮型~

天啊真醜
好像生殖器!

再講啊!!
再講啊!!

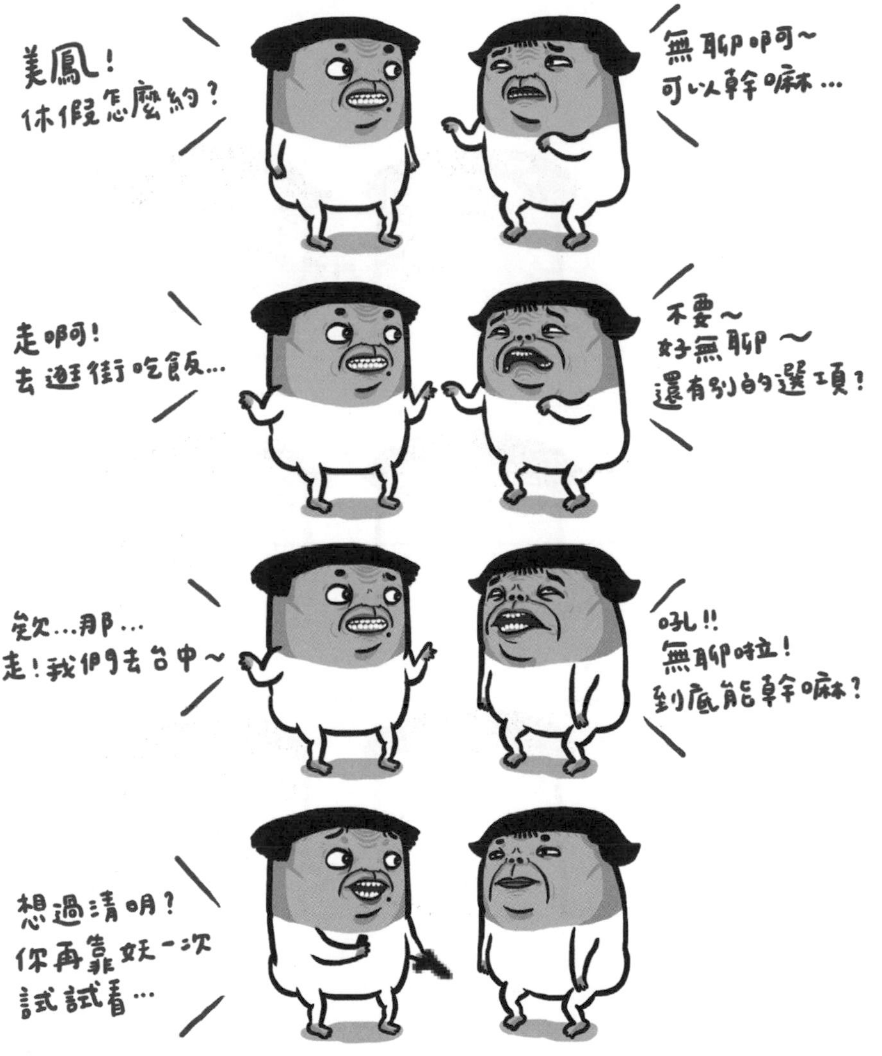

美鳳！
休假怎麼約？

無聊啊～
可以幹嘛…

走啊！
去逛街吃飯…

不要～
好無聊～
還有別的選項？

欸…那…
走！我們去台中～

吼!!
無聊啦！
到底能幹嘛？

想過清明？
你再靠妖一次
試試看…

美鳳！
下週我要去日本
幫我買甜點!!
芭娜娜...
我不是去東京耶!!
蛤...
你想一下啊！
看你要什麼...
那你順便去
東京買芭娜娜

前陣子新聞上很流行討論「代購魔人」，
我很喜歡去日本，一開始都會問大家需不需要代購什麼？
幾次下來沒給錢的沒給錢、買太多了買太多，
還有人會嫌你買貴了應該要去哪裡買（還教學耶有事嗎？！）……
到後來我就完全放棄，
以後出國就以一個神隱山林的姿態出發吧！

我去福利社…
我嗎？
等我！一起去!!
我去大便…
我也要一起
一起啦！
我回家吃飯！
有得吃嗎？
我要跟！
我要跟!!
路上小心…

欸~你知道…
隔壁班的阿桃?
搶別人男友那個
當然啊!!
那個醜女!!

是嗎是嗎?
厚厚你真壞…

拜託他很噁
簡直婊子啊!!
你不覺得嗎?

不覺得嗎?

唉喲~我沒意見…
不喜歡講人壞話

…….

我男友最近好兇...
一直吵架...
他什麼星座?
牡羊座喔?
但吵架一下子
又會和好
啊!
雙子座啦!!
平常 他都很愛
待在家好悶...
巨蟹座!
猜對了吧?!

有沒有！？你一定也有這種朋友，好像真的很流行星座，
只要討論到人的個性，就一定要牽扯到星座，
把一切的錯都推給星星，發明星座的人實在是太聰明了，
個性很差也沒關係都是星座的錯都要怪爸媽（攤手）～～ 對吧！
我是巨蟹座，跟我一樣的人不管你在哪裡現在舉手。

PART

PART 2

說中了吧！

能替你辦後事的某人
不求多，一個就好！

這輩子一定要有一個可以完全託付終身的朋友
（不是要跟他結婚的那種），
有時候夜深人靜我會擔心如果我老了沒有人照顧我，
我會不會在破廟裡面被老鼠咬然後就往生了，
這時候就會特別緊張地拿出手機開始滑滑滑……
看看有沒有值得託付終身的好朋友？
一定要有，而且要兩個，畢竟如果有一個比較早死的話，
至少還有另一個 standby 嘛！

偶爾需要一個過度樂觀的朋友

越無聊的事
我們越愛吵

有哪些某人
能看見醜陋的你

真正的朋友…
跌倒不會先扶你

全世界只有一個某人可以幫你保守秘密（可能）

相信大家都有一些秘密，
可能到現在還沒有任何人知道，
但我們都是人，如果不講出去一定會憋死。
所以託付給知心好友也是很重要的事喔！

當然，
一定也要有十足的把握讓他不會輕易地講出去才行，
這就是為什麼要「交換秘密」的用意了。
講到秘密就好想要一本小本本喔～～

某人日常
nobody's daily

越嫌棄你的人
一定越愛你

雖然不會安慰
但比誰都懂你

因為瞎事吵架
再為小事和好

每次吵完架在回想一下就會覺得特別垃圾，
淨是為了一些沒有意義的事情不爽，
前兩名大概是「我怎麼知道你臉在臭什麼？」、「你口氣在差什麼？」
這種沒有答案的問題。

氣了一整天才發現好像沒什麼好生氣的（什麼啦）。
但是不吵一定又會悶在心裡面，
只能說吵架也是維繫友情的一種調劑囉～～

能忍受你幼稚嘅心
全世界大概剩我

懂你只有我

拜託～
你屁股有幾根毛
我都知道！
自以為很懂…
幾根？說啊說啊～

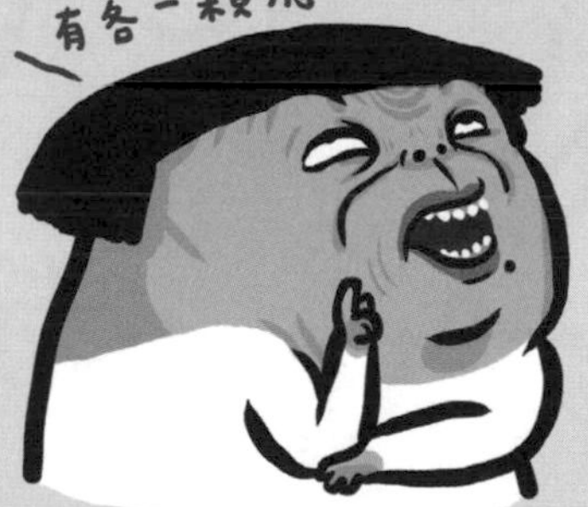
嚴格來說有350根左右
右屁股跟大腿內側
有各一顆痣…

唔噫～
鼻要醬只～

「對不起」總是很難說出口

講中文的我們，
「對不起」就像是「我愛你」一樣難說出口，
覺得應該要表達的時候，
簡單的三個字都塞在嘴巴裡出不去，
而大部分時間就因為作罷而錯過了。

不過，試過說了幾次之後也發現，
問題不一定是出在講的那個人，接收的人也很重要。
「幹嘛啦，你好噁心」、「你怎麼那麼做作」
有時候都會因為怕得到這種更尷尬的回答所以放棄了，
大家鼓起勇氣說話吧！也打開心胸接受吧！

朋友的最高境界
不說話也不尷尬

很多人說朋友就是要「無話不談」，
但最高的境界是「無話不僵」，
不講話也不會尷尬真的很難，
越不熟就越在乎彼此對自己的看法，包括聊天氣氛。
希望大家都已經有一個，
可以不用一直「主持節目」的朋友了，
那一定不是沒話聊，而是對彼此太安心了。

朋友有難先安慰
姐妹出事先八卦

你又分手囉？被甩？
快說！你劈腿？
誰？帥嗎？大不大？

你這婊子…
不先安慰我嗎？

這是很現實的一件事啊！
大家都有自我療癒的能力了，
幹嘛遇到難過的事就要拍拍呢？（挖鼻孔）
姐妹之間沒有什麼禮貌問題，
有難一定要先八卦，傷心的事晚點再說。

不在很想念

來了又討厭

跟你聊天…
我都不用講話

有些默契…
只有最熟的你知道

我覺得十分神奇，有好幾次朋友一時忘記某個人的名字，
「那個誰啊～～就是看起來很笨的那個頭髮捲捲的……」
「我知道！就是ＸＸＸ」
在第一秒鐘就猜到目標，是一件很有成就感的事，
而且也會嚇到原來默契這麼恐怖。
捲捲頭髮不代表是笨蛋啦，我只是舉例而已。

姐妹情深
分享一切，一切…

這輩子最難得...遇到一樣廢的你

（比我）

有些好朋友…
千萬不能陪你逛街

大家都說這還好又太貴…
我是不是不要買…

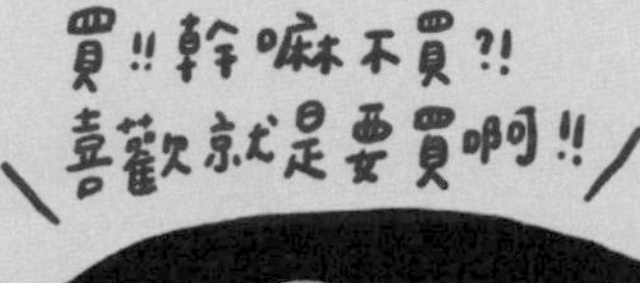

我就是這種人（舉手），
其實逛街的時候我不太會管別人的想法，
是想買什麼就買、有點猶豫就不要買，
不過卻很愛慫恿別人買東西，
不管好不好看都會跟他說「買！買啊，為什麼不買！」
天啊，這句話根本就是我逛街的口頭禪（罪惡感）。

我們對話的尺度
讓路人以為在吵架

友情越堅貞
臉皮越堅固

真誠的關心
何必修飾

「欸，你有眼屎！」、「你牙齒卡菜渣」、
「你有沒有洗頭你頭髮好油」……
聽到這些話真不知道應該說是白目？還是……
但有時候真得只是想要關心你或是問一件事，
卻不小心就會很大聲地把丟臉的事情講出來了。
所以不要怪他啦，畢竟他出於一片善意啊～～（小聲一點！）

不是我愛發脾氣
是因為太在乎你

最愛叫你去死
卻最不希望你太快死

不用多說話
就看穿你心事的某人

傷心的時候……
朋友會跟你說「怎麼了？發生什麼事？」、
「快點告訴我我願意聽」；
好朋友會跟你說「要陪你喝酒嗎？」、
「不想說，就先別講沒關係」……
我們都需要關心事件本身的朋友，
但也更需要關心你的心情的好朋友。

PART 3

PART 3

垃圾日常

美鳳！你幹嘛？
……
不管有什麼事…
又不是世界末日…
我們要更…
明天星期一…
是世界末日…

包裹簽收
是我是我...
我在等包裹
收件人寫
板橋削哩鮮
是您本人嗎?
....
是本人嗎?
....

美鳳！罷托～♥
明天叫我起床!!
我很好叫～
好啊...
喂？好!!!
我起床了!!
(高八度)
秒睡→
z z z z z z
欸！你這女人!!
怎沒叫醒我!!
....

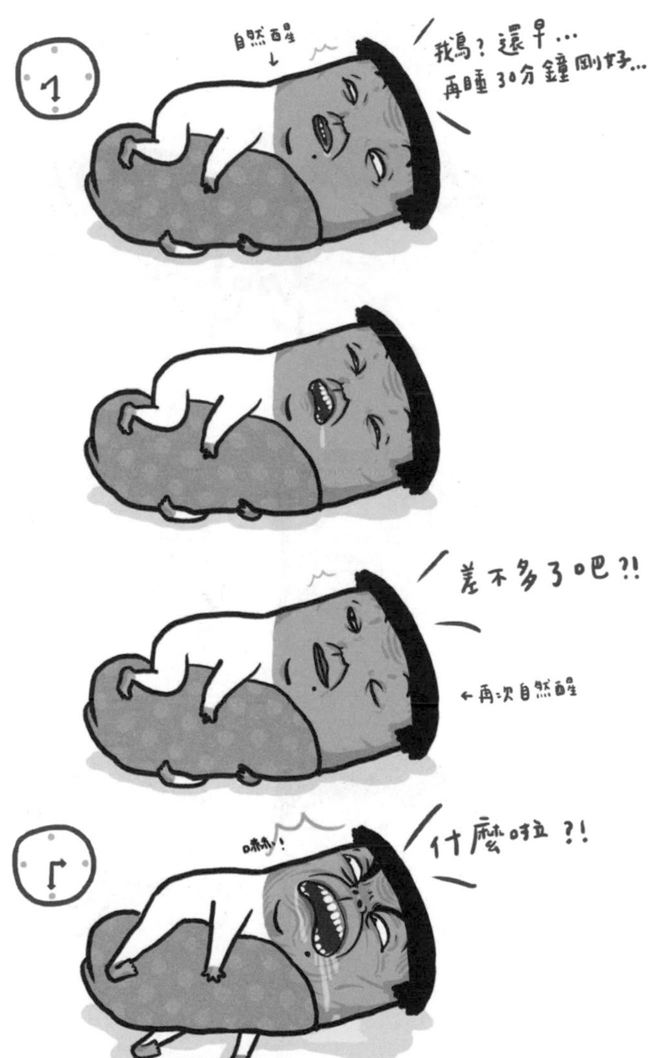

自然醒
我嗎？還早…
再睡30分鐘剛好…
差不多了吧？！
←再次自然醒
嚇！
什麼啦？！

某人！
我的包包掉了!!
那有什麼？
有貴重物品？
都是名牌耶…
那有什麼～
錢乃身外之物
再賺就有…
身分証信用卡…
那有什麼～
補辦很方便
21世紀了OK？

在以前掉錢包可是一件天大悲慘的事情，
但是現在如果錢包掉了，大部分的掛失都可以一通電話解決，
所以好像就沒有這麼痛了。
但是手機掉了就連電話都不能打、對話紀錄沒了、沒有 LINE、
沒有相機、沒有修圖軟體（咦？）……
天啊！世紀悲劇！

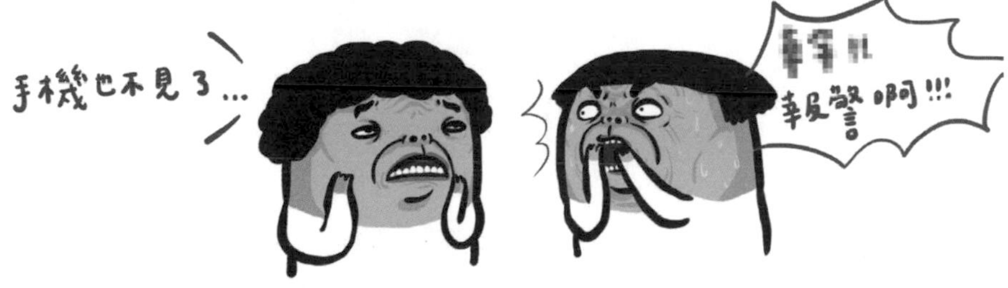

你在哪？
我要出門了
你在哪？
我在路上了
你在哪？
我快到了…
某人生前…
很關心您到了沒？
再等我一下…

走囉～
下次再約
好啊
改天請你吃飯

你是台北人嗎？
對啊…
怎麼了…

請我吃飯？
什麼時候吃？
真的要請再說
你們台北人…

鵝…
欸…

下雨了!!真衰…
沒帶傘!去買一支…

!錢包掉了
真衰啦!!

啊哈哈哈哈!
哈哈哈哈!!
太棒啦!!!
LUCKY!!!

馬的 又摃龜?!!!!
老娘偏不信!!
再一張再一張!!

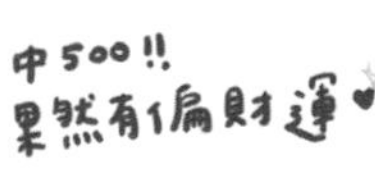

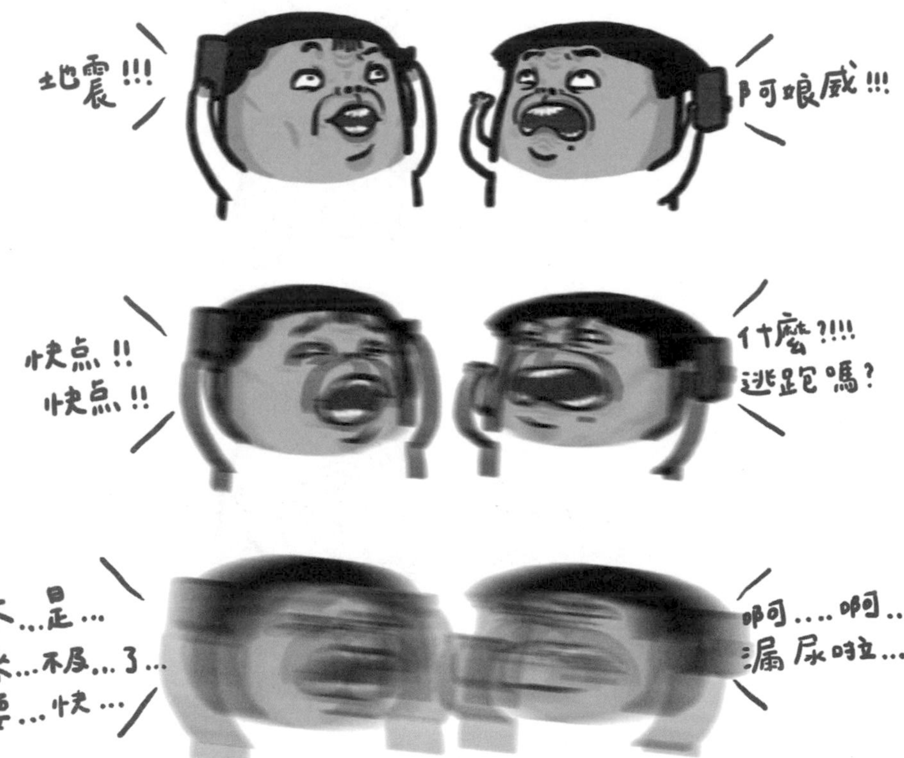
地震!!!
阿娘威!!!
快点!!
快点!!
什麼?!!!
逃跑嗎?
不...是...
來...不及...了...
要...快...
啊....啊..
漏尿啦...

地震的時候要先做什麼事？

① 若無其事

② 沖脫泡蓋送

③ 逃到國外

④ 打卡發文搶頭香

答：______

我們去吃下午茶！
已讀 12:30 好啊！幾点？
我想一下...
已讀 12:31 好我等你...

已讀 15:30 想好了沒？
已讀 17:02 美鳳！
已讀 17:02 都晚上了耶!!

已讀 17:03 ????
已讀 17:03 ......
已讀 17:03 ......

凍拎周罵螢螢!!!

美鳳！
你幹嘛？
被甩了嗎？
對！分手了啦!!
怎樣？你嘲笑我？

我鳥…哪有…
那我們去看電影？
電影院?!
第一次約會!!
觸景傷情…

我鳥….不然去唱歌…
唱五月天很嗨…

戀愛唉恩G!!??
諷刺我!!!

老娘沒空理你!!
掰～公

麥造!!!

耶！交換禮物
耶！一起開！
怎麼會!!
是哀配！
這啥小!!!
通常不是…
要好笑的嗎
友情…
就到這為止吧！

瞌睡，像溺水，
越掙扎，越往死裡去。

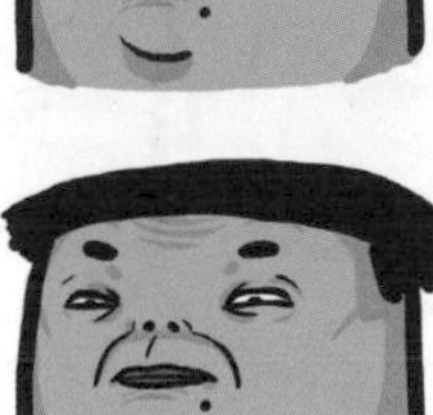

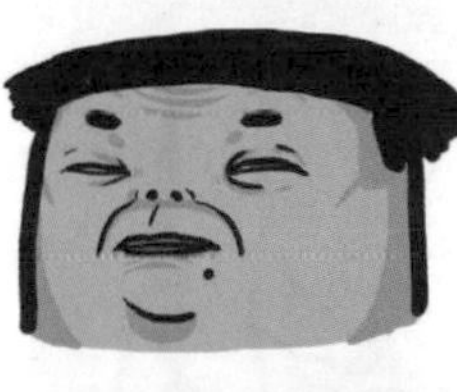

某人，睏之俳句。

老娘来整理一下房間~
紙盒留著~♪
OH NO~♪
紙袋很好用
不能丟~♪
書還很新捏~♪
先留著~♫

我其實很擔心自己老了後，
家裡會變成垃圾屋，尤其是搬家時，
都眼睜睜看著一年沒使用的東西卻丟不掉，
尤其是紙袋堆積如山，
真不知道我這種勤儉持家的精神是哪裡來的（搞錯重點）。

天啊肥肚
要開始減肥了...
1、2、3、4、5!!!
啊娘威!!!!
吼啊吼吼吼
老娘要往生了...
今天跳五下可以了
去吃火鍋好了...

阿嬌那個賤人!!
長得像蛆一樣
還敢笑我肥...
你可不可以
半小時不罵別人
不講髒話
嗯...
?
我鳥...不舒服嗎?
啊!!! 拎娘咧...
阿嬌這臭婆娘
不罵不行啦操!!
好難過...

早上醒來...

刷牙...

換衣服...

這是一件很變態的事情，覺得今天起得真早，
一切準備妥當，開心的出門⋯⋯
突然發現：為什麼光腳？為什麼褲子也沒穿？
為什麼一眨眼就到學校？⋯⋯
正當我對一切事情感到疑惑又理所當然的時候，
楨！醒來了。

某人！跟你說
昨天有一件
很白痴的事…

什麼？

我記得
超好笑的…

什麼啦！
快講!!

欸…是啥？

你忘了？

是什麼到底！

……

最近真累…
我要死掉了…

我看我去死好了…
一死了之卡快活…
不行啊!不是說好
要看我穿婚紗??
←勵志

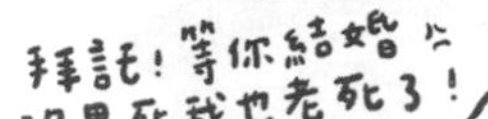
拜託!等你結婚ㄟ
沒累死我也老死了!

早晨一杯美兒美

超利便

①先聲奪人

②把自己灌醉

③推銷

小盆油~
吃飯飯沒有？
媽咪呢？
乖乖不怕怕~
娃~
萌萌噠!!
欸… 蛤
歐巴桑請放手!!
大家都大了…
好好講話…
噠

有一天在路上看到可愛的小孩子
正準備假裝很有愛心跟他玩的時候……
「來～～叫叔叔。」「叔叔好。」「……」
這對母子一搭一唱真的會把人活活氣死，
但是回家仔細想一想，畢竟我跟小嬰兒的年紀也差距蠻大的，
叫叔叔應該也不為過，
但是人家就是會在意這種關鍵字嘛！（哭）

不好意思！不要醬…
蛤？
嗯！不要醬
啊？哪樣？
就不要醬啦～
哪樣？我怎麼了？
我做了什麼啦！
漢堡不要加醬!!!
MOSS BURGER

好懶得出門
又不好意思拒絕美鳳

好!! 不能食言爽約
再5分鐘出門!

喂~美鳳
我在打工要加班
今天 不去了…嗚
← 放棄

給你看個東西
很！精！彩！
什麼什麼
來自五年前…
你的臉書PO文
蛤!?
愛情總是像雨水
一樣～能夠滋
潤卻難以…
我鳥…
不要唸!!…

在寫這篇的今天稍早，
我剛好在整理房間找到一些小學國中的照片，
我真的差點沒嚇死，
小時候到底哪裡來的勇氣拍那些以為很流行但丟臉的照片。
（我是不會把它公佈在這的你不要想了）

最近臉書也很流行把多年前舊照片翻出來回憶的活動，
有時候都會不小心連帶把一些五年前
無病呻吟的小詩人的創作給挖出來，非常驚悚！
希望臉書可以早日開放三年以前的東西一併火化銷毀的功能。

再一張

這張可以～

重來！

再一張

哪張好?
好難選!這張嗎?

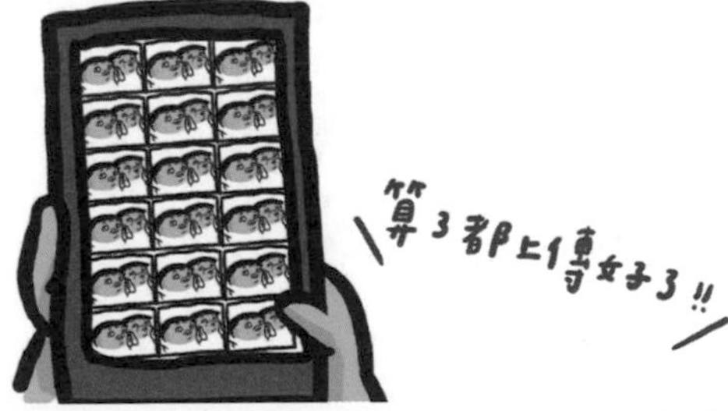
算了都上傳好了!!

再一張

來修圖美肌
傳給我傳給我

這是一個女孩拍照的三部曲，
相信各位都相當有經驗也十分上手，把手機相簿打開來，
拉遠看：就會發現好像自拍的那些照片每一張都一模一樣，
當然，旁邊合照的朋友已經不知道被裁切到哪裡去了。

我跟你說…
蛤？啥？
我說～
呃…啥啦
聽不清楚!!
嘖！我說…
放棄溝通
你覺得呢？
我覺得

剛看完動作電影

天啊!
心好痛…

嗚嗚…
嗚噫噫…

嗚啊啊啊!!!
美鳳我今天不出門了!!
我好難過!!!

再看一集就好…
歐巴…

冥冥中有預感
這次會中很多內!!

差一號中兩百!!

幹!差一號中一千!!
有連號吧!!在哪??
早知晚一步結帳!!

老娘不缺
這点臭錢!!

跟你講一件事
超好笑
你一定會笑死...
好啊...
就是 xxOO...
雞雞呱呱...
然後...
怎麼辦好難笑
想一些好笑的事..
講完了
是不是超好笑?
完蛋了...
想不到笑不出來

跟朋友聊天我最怕別人開頭說「我跟你講一件事很好笑」。
畢竟還沒講，怎麼會以為我也會覺得好笑，
不要這樣逼我嘛！你先講了搞得我必須要笑不然場面很尷尬（揉頭髮）。

雖然有點無厘頭，
但是我想分享一個我這輩子聽過最喜歡的爛笑話：
「從前從前有個阿公，他的名字叫阿嬤。」
講完了。

你好！
要點什麼？

欸…我要…
這個…

決定了嗎？

熱…熱情…
熱情仲夏…

熱情仲夏愛戀
愛上巧克力寶貝
親親草莓鬆餅？

我鳥…不是…
是熱情…熱…

拎娘咧…
不吃了…
老娘唸不出來

可以對我說聲加油嗎？
可以啊...
我有準備
欸...
不是啦...
!!!
鶴！哈！
加油加油
莫害怕!!
加油加油...
鵝...先不用...
就先這樣...
無視
加油加油
你最棒!!
相信自己
你！可！以！

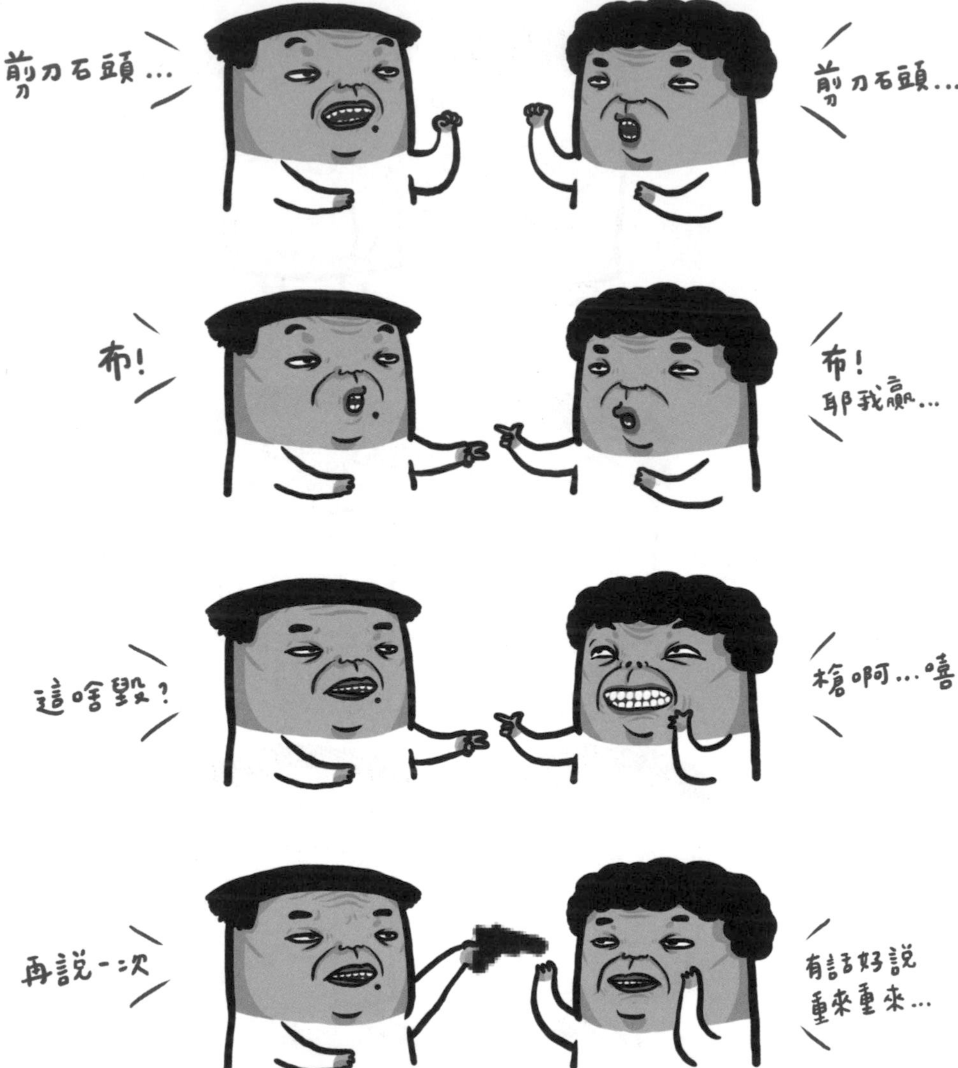
剪刀石頭…
剪刀石頭…
布!
布!
耶我贏…
這啥毀?
槍啊…嘻
再說一次
有話好說
重來重來…

某人某人!!!
噎～
哈哈哈哈!!
啊哈哈哈!
……
某人某人!!!
唔…
!!啊啊啊!!

PART

PART 4 又恨又愛你

太在乎一個討厭你的豬
而忽略一百個愛你的人

許多人都有這樣的毛病，
喜歡把負面的字眼放大（雖然某人也是蠻負面的），
投注全力去在乎一句批評，
用最小的關心去面對喜歡你的人。

在畫畫的時候也會這樣，很在乎一句批評你的話，
糾結了一整個晚上，覺得自己好像做錯事了。
還好有你們，喜歡某人的你們的支持，
讓我很快就忘記那些鬼話了，討厭我的人掰掰～～（揮手）

是精打細算
不是小氣…

通常對金錢觀念很弱的人，
身邊一定會有一個很會算（也不能說他是小氣）的人，
把每一件事每一分錢都算得乾乾淨淨，
真的很佩服（我就是非常衰弱的那一方啊啊啊）。

某人日常
nobody's daily

明天再說好了
明天別來好了

天啊報告還沒寫!!
明天再作好了…

吃太多好肥!!
明天再減肥好了!!

「明天再開始好了。」
我們都有好多個明天，
減肥的明天、交作業的明天、奮發向上的明天、明天再說的明天……
實在無法說出「今日事今日畢」這種天方夜譚的話啊！（挖鼻孔）

當你看到這裡就代表這本書剩沒幾頁了，
不如今天就看到這裡，後面的留給明天吧！
（把書闔起來）

越接近家門…
就越想尿尿

小氣鬼的朋友
一定是貪心鬼

忘記帶出門的不安全感…

出門忘記什麼東西你會特別沒有安全感？
（就算走到捷運站了也要折回家拿）

□手錶　□眼鏡　□耳機　□內褲
□錢包　□鑰匙　□其他________

十句對話
有九句是垃圾…

有時候一天下來，發現自己講話都很沒有營養，
特別是跟朋友在一起的時候，完全都不用動腦，
或是有動腦但都在講一些機伶的垃圾話，
最喜歡這樣廢廢的度過人生了～～（攤）

你覺得什麼才是真正營養的話題呢？
① 國際經濟發展趨勢
② 聽說好姐妹得了隱疾
③ 蛋營養炒雞排

選 ① 的人請立刻把我的書轉送給更適合更有緣的人。

你心裡想的都寫在臉上

人類真的是一個很有趣的動物，當你越是在意一件事情，
越想表現得不在乎，身體就會越來越不自然，
講話就會越來越大聲，動作越來越誇張，呼吸越來越急促，
等到真的掩蓋不過去的時候就會漲紅臉。

但這就是我們的可愛之處啊，
「嘴巴說不，身體卻很誠實」。
（我不是在開黃腔）

聚會別缺席 不來是箭靶

一定要盡量出席朋友間的聚會。
只要是三人以上的聚會，最好一定要到場，
不然沒在場的人壞話一定會被說一輪，
然後下次聚會再把目標換成另一個沒到場的人（社會真是黑暗）。

以下請填上姊妹的一句壞話，然後給他看……
雖然你_______________，但我還是很愛你。

外國月亮比較圓
別人大便比較甜

從哪裡跌倒…
就從哪裡睡一下

我們心底深處
都有不想面對的事
例如星期一…

每到星期五時，心情就會很爽地大喊「終於來了～～」，
可是正當六日想要好好放鬆時，
星期一卻冷不防地迅速出現在你眼前跟你招手
（對很多人來說就像死神一樣）。

身為插畫家，最喜歡的一件事就是批評星期一了，
這無非可以引起廣大社會人民的共鳴。
當然自己也要足夠討厭這一天（摔筆）。

遲到的人都會順便說謊

我發現一個有趣的現象（包括我自己在內），
只要是遲到，
都很不喜歡把「我睡過頭」、「我看錯時間」當成理由，
就算遲到五分鐘也要瞎掰一個冠冕堂皇又很氣派的道理，
好像逼你一定要原諒一樣。

或許下次可以試試看誠實的說：
「對不起啦，我遲到了，沒有藉口。」，
心裡應該會更好過一點。

一日廢物 終生廢物

「想當廢物的時候就要當一百分的廢物，
想要做好事情也要做一百分的事。」

最後一篇，雖然是一個大廢物的主題，
還是想要貫徹我的想法：千萬不要強迫自己做自己不喜歡的事，
不管做什麼都一定有發光的機會，
做什麼都要盡力用力的去做（包括當一個窩囊廢），一起加油吧！
希望你看完我這本書有得到一些什麼（呃，會嗎？）。
希望你更認識我、也更認識你自己囉～～

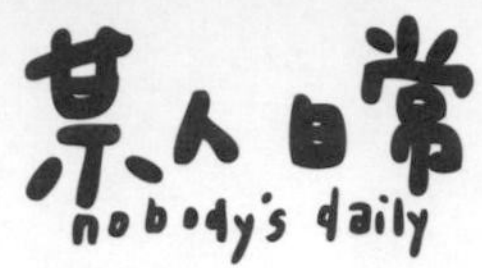

作　　者／Auddie
封面設計／Auddie
內頁設計／我我設計
責任編輯／蔡錦豐
國際版權／吳玲緯
行　　銷／艾青荷、蘇莞婷
業　　務／李再星、陳玫潾、陳美燕、枻幸君
副總經理／陳瀅如
總 經 理／陳逸瑛
編輯總監／劉麗真
發 行 人／凃玉雲
出　　版／麥田出版
台北市中山區 104 民生東路二段 141 號 5 樓
電話：(02) 2500-7696　傳真：(02) 2500-1966
blog：ryefield.pixnet.net/blog
發　　行／英屬蓋曼群島商家庭傳媒股份有限公司城邦分公司
台北市民生東路二段 141 號 11 樓
書虫客服服務專線：02-25007718・02-25007719
24 小時傳真服務：02-25001990・02-25001991
服務時間：週一至週五 09:30-12:00・13:30-17:00
郵撥帳號：19863813　戶名：書虫股份有限公司
讀者服務信箱 E-mail：service@readingclub.com.tw
歡迎光臨城邦讀書花園　網址：www.cite.com.tw
香港發行所／城邦（香港）出版集團有限公司
香港灣仔駱克道 193 號東超商業中心 1 樓
電話：(852) 25086231　傳真：(852) 25789337
E-mail：hkcite@biznetvigator.com
馬新發行所／城邦（馬新）出版集團
【Cite(M) Sdn. Bhd.】
地址：41, Jalan Radin Anum,
Bandar Baru Sri Petaling,
57000 Kuala Lumpur, Malaysia.
電話：+603-9057-8822　傳真：+603-9057-6622
電郵：cite@cite.com.my
印　　刷／中原造像股份有限公司
總 經 銷／聯合發行股份有限公司　電話：(02)2917-8022　傳真：(02)2915-6275
初版一刷／2015 年 12 月
定　　價／新台幣 299 元

國家圖書館出版品預行編目資料

某人日常 / Auddie 著 . -- 初版 . -- 臺北市 :
麥田出版 : 家庭傳媒城邦分公司發行 , 2015.12
面；　公分
ISBN 978-986-344-285-1(平裝)

855　　104022597